短歌ふぉーらむ

井沢照湖
Izawa Teruko

文芸社

序にかえて

春日井健

短歌について学ぶことは多い。万葉集以来の和歌史を学ぶことにはじまって、何よりも今日を生きる歌人の実作を知ることが必要である。

よく言われることであるが「学ぶ」は「まねぶ」である。私もまた歌を作りはじめたころ、気に入った歌をまねしたことがあった。たとえば前川佐美雄の一首

春の夜にわが思ふなりわかき日のからくれなゐや悲しかりけり

作者は春の夜、青春の日を思い返してその「からくれなゐ」を悲しんでいる。一読胸にしみるものがあったのだが、さて、「からくれなゐ」とは何だろう、などと思いつつ私の書いたのは次の本歌取りの一首だった。

春の夜にわが出で行きて撲たれるからくれなゐや男なりける

「からくれなゐ」の一つを春の夜の若者のけんかとして具象化してみたのだ。結

句の「男なりける」は当時の私の稚気というべきか。また私は次のようにも書いてみた。

撲たれたる痛みが誘ふほほえみのからくれなゐや男なりける

こうしたことば遊びを通して私もまた短歌の韻律になじんでいったのだと思う。誠に「わかき日のからくれなゐや悲しかりけり」である。

「短歌と詩」教室の受講生の一人、井沢照子さんが、やはり有名な作品をもとにして、「パロディ」と題する作品を書いたことがあった。

かにかくに水族《とも》は羨し寝るときも炎昼の日も波に揺られる

もちろん、この一首は吉井勇の歌を下敷きにしていることは誰にでも解ることである。

かにかくに祇園は恋し寝るときも枕の下を水の流るる

井沢さんにはこんな一首もあった。

同じ世に生まれきしなりフラスコに育つベビィもわれもかなしき

試験管ベビィを対象にしているのだが、これは現代歌人島田修二の次の歌のしらべをもとにして出来ている。

ただ一度生まれ来しなりさくらさくら歌ふベラフォンテもわれもかなしき

それにしても技術や伝統の習得もさることながら、現代短歌にとって大事なことは、今日の諸々の問題——時代の美意識や思想を短歌という器に盛りこむことができるか、どうか、ということにある。いかに皮袋は古くても、そこに新しい酒を注ぐことができるのかどうか。

（中日文化センター機関誌より）

発刊によせて——母のこと

井沢元彦

母はヘンな人である。

息子の口から言うのもなんだが、美人で犬好きで趣味も多彩なのだが、どこか変わっている。

たとえば急にお琴を習い始めたり、パンを焼いてみたり、ワープロに凝ってみたり……。

息子の方もあまりまともではなく、少なくとも平凡ではなく、小説や時事評論を書いたりテレビやラジオに出たりしているが、それほど一般常識は、はずしていないつもりだ。でも、母は感覚が変わっている。

といっても、非常識な文人ではなく感性が違うと褒めているのだ。歌人としての才能というものは、どこから現われてくるのか、それは研ぎ澄まされた感性と、巧みに構成する能力だろう。

万葉時代から、日本人は言霊（ことだま）の力を信じていた。言霊とは、言葉そのものに一つの呪力が秘められているという信仰なのだが、日本人はこの信仰を愛し歌を詠むことを人間の営みの中でもっとも重要なものと考えていた。

私はかつて「猿丸幻視行」で江戸川乱歩賞を受賞しデビューしたが、この作品を書くにあたっても、母の影響が大きい。短歌実作の才能はまるでないのだが、幼い頃から歌人である母の身辺にいたことが、知らず知らずのうちに万葉集に親しむ結果になっていったようだ。「猿丸」には猿丸大夫の他に柿本人麻呂や山部赤人も一部登場するが、赤人の「天地《あめつち》の分れし時ゆ……」で始まる富士賛歌は母の愛唱歌だった。そういうことも、この小説を生む原動力になっていたのかもしれない。

もっとも私が受賞できたのは、歌人としても有名な国文学者折口信夫《おりくちしのぶ》を主人公とした「猿丸幻視行」で、伝説の歌人猿丸大夫の伝奇ロマン的なミステリーを書いたからで、その作品が高く評価されたのは、作中に人麻呂の遺言とも言うべき和歌をいれたからである。

それは「いろは歌」の替歌で、いろは四十七文字を一字ずつ釈して意味のある歌にするというものだ。といえば大層難しいことのようだが、実際にやってみるとそれほどでもない。というより、目的があれば、つまり「こういう釈にしよう」という設計図のようなものがあれば、よりやりやすい。

まったくのゼロから「いろは歌」をつくれと言えば、それはとてつもなく難しい。しかし小説の仕掛けの中で、このような歌であらねばならないとの制約があればかえって簡単に物言いは進むものである。

このあたりは遺伝子のおかげかもしれない。一般に短歌をつくるのが如何に難しい行為かというのが私の本意だ。

母の歌集がまた上梓されるという。日本は敷島の道、つまり和歌の道である。その中でまた一つ歌集が加わる。大変喜ばしいことである。

日本ほど多くの人々が歌を詠む国はない。そのなかでまた歌集が加わるわけだが、ぼくはそれを誇りに思う。

短歌ふぉーらむ　目次

瑠璃光

『瑠璃光』は、一九九四年五月に出版。その中から、短歌二六三首を再録した。

高原

吹きつのり攫《さら》うものなき風の影くろき翼《つばさ》のは
ばたきはじむ

天空はひろし粉雪舞うなかをシャガールえが
くものたちも来る
一日の始め終わりを思う夜半デジタル時計零《ゼロ》
つらなるに

りんりんと朝の大気を凍らせてベル近づけり
ピレネー犬の
星砕く牙《きば》を持てども細き輪につながれていて
静かなる犬

山肌の工事灯《あかり》に房尾《ふさお》曳く狐か赤き目がひかりたり

夕あかね我も染まりてある丘のナナカマドの実いろあせてゆく

視線

冴えかえる風に結びしうすき氷冤罪なるときめ
たるもひと

身の疵《きず》も証しとなれや中国の孤児もどかしき
日本の言葉

雪は鵝《が》毛《もう》に似てとんで散乱するなかを我も浮
遊をしはじめている

自転車は磁気あてるごと寄りてきて一瞬風を
凍らせて過ぐ

人形も写真もぬいぐるみたちも視線かわさず
昏《く》れはじめたり

木の芽おこし過ぎたる暦吹きとばす北よりの
風あめまたは雪

きさらぎ

冬ならぬ春にはあらねその微差を照らしてガ
ラス戸越しの揺光《ようこう》

出生の兆しや及ぶ甘藍《かんらん》の結球ゆるみはじめし
真夜《まよ》に
雪も舞いそむる夢路か夜の目にも白き鳥とし
翔びきたりしを

結氷のくもり硝子《ガラス》を震わせてつんざくほどに
嬰児は泣けり

天のみず瓶にたたえて耀《てりは》えるきさらぎの星ま
といて生まる

はるかぜ

はろばろと花を観《み》んとし訪ねしをのどに冷たき吉野葛切り

花はまだ咲かず気まぐれ風の吹く下を醍醐の
行列がゆく

花粉情報みだれとび散り身に近く運ばれてき
て涙にうるむ

花埋《うず》み掬《すく》い入れたるてのひらに絹ふるうごと
淡紅の嵩
ふしぎとも思えぬむかし噺ありパッと咲きたる丘つづくゆえ

目つむれば咲き乱るるかコルドバの花のパティオとま青《さお》なる空

桜伐る音のかすかに響ききてラネーフスカヤの午睡つづけり

華燭

万両の実にさそわれて翔びきたる極楽鳥《ストレリチア》は羽根を休めぬ

巫女《みこ》ふたり水引きの瓶子《へいし》ささげもち三三九献
始まりにけり

ギャルソンは燕の羽根の素早さに天守・竹林・
鳳凰…めぐる

フォアグラより始まりし宴花嫁の不在に肩を
寄せてボーカル
タキシード・花飾りあふるる帽子jameau《ジュモー》の館
より出できしか

キャンドルの火を灯《とも》すころ夕影は明るき城を
うきぼりにする

羽交い

サイネリアのあふるる束を持ちきたる少女は
春の扉《と》をノックする

うす曇るガラスの向こう繁りたる樹々はゴブ
ラン織りにそよげり

ガラス器は微塵に砕けいまよりは凶器となり
て破片きらめく

ふかぶかと藍にじませてアイリスの黙契花の
ほころばんまで
長虫は青き葉の色くちなしの香り浸ませて木
より生《あ》れたる

変身もひとつの死とぞ思わるるグレゴリーザ
ムザのかすかなる声

貝塚の刈られて青き針葉にかの少年の香るも
みあげ

硝子戸にあたら小さき身を打ちて鳥の羽交い
もゆるむ初夏

風葬もよけれ萌えたつ初夏の草に小鳥の一羽
がねむる

自動機

電光の文字のひとつを選びたるそれより無言
の会話はじまる

キャッシャーに問われて指を置くときにわれは秘密のナンバー明かす
番号はまちがいですをくりかえすプッシュの甘さ見すかされいて

改札にもぎとられたる自動機の速さにも馴れ
待つ秒のとき

なにに間違いありしや通すまじとするちから
の強くしてひややかに

いま処理をしていますという奥にかわきて擦
りし指の音する

あかき音カン高く鳴りおわりです用済みカー
ドお忘れなきよう

ひともまたビジネスライクというありて毀誉《きよ》
褒貶《ほうへん》をなかばするなり

水妖

（「青葦」潁歌）

霧やらいつつさし昇る朝の陽のしじまに青き
葦の直ぐ立つ

みずからを蕩児となして還りきし家に常なる
日筋は及ぶ

遥かなる旅路の父よかえりますす季はまぎれも
なき花の下

白き花凛《りん》とし咲けり露ふふみ齢はみつるほど
にうつくし

水辺の月を砕きてどよもせる水妖は去りにし
人を慕うと

ぬばたまの闇より出でし黒《くろ》月《つき》毛《げ》天駈けゆくを
視しひとのあり

失われし時追わざれどたまゆらに不《ふ》壊《え》の詩歌
が燦《きらめ》きかえす

内視鏡

咲きのぼるかんぞうの花極彩の医科事典解剖図浅部

ネクタリンの酸ゆきはなみだ頬《ほ》をつたい呼《い》吸《き》
しめつけるときの前ぶれ
わが裡のやみ照らしゆく内視鏡ものやおもう
という人の身を

雲海のモノクロフィルムをかかげいて影濃き
あたり医師は指示する

病根を肥大せしめしラビットの霜月に冷えま
さる刃わたり

観覧車にいつか吊られしここちして日常は遠
ざかりゆけども見ゆる

空白の百八十分たしかなる証しとなりし創傷
はあり

茫々とひろがるカスミ草活けて見えすぎしもの少しやわらぐ

点滴の色また変わり管つたう薬液臭に沁みゆく日々は

話しかけるようなノックに開かれてきみは目
線より病室《へや》に入る

ラブリイ チャック

十七年前を憶えば壮年のわれらの横に座るチビ犬

はるかよりなれに告げにし終焉《しゅうえん》かよろめきて
行く明るき方へ
ページ繰る音にも覚むる犬の傍われの立居は
風を踏むべく

茶梨《チャリ》　茶狗《チャック》　茶狗助　茶狗左　茶狗之進　し
ぐさのたびに変わる呼び名は

いくたびかビデオの画面はみ出してチャーリ
ー走る脇役走る

褐色の尾もやわらかくうずくまるすがたうれ
しき錯覚にして

きぬずれ

やわらかく花の蕾に降りそそぐ雨の日人形展

をたずねし

過去世より架空のひとも降りきたる光り拒みし展示室《へや》に入りゆく

源氏の君をうしろ背にして立ちている藤壺の釵子《さいし》まぶしかりけり

髪は乱れ板座にくずれ伏すひとの十二単衣の
きぬずれかすか

玉三郎やがては化身する振りの牡丹いざなう
とも近付くな

打掛《きぬ》にこもる怨みにやつれ果てしひと癸の上

の蒼白の額《ぬか》

多勢《たぜい》なる人形のなかにまぎれゆきまばたきな

きに見つめられいつ

裸眼立体視《ステレオグラム》

（肉眼にもう一つのメカニックな機能が加わった）

一枚の絵が深海の蒼さもてわれを引きずり込
みて離さぬ

紙はうすく奥行きは手の届かざる雲霞のなか
に浮かぶ石像

迷い野にボーダーラインしっかりと在るをた
しかめ作動しはじむ

いぶかしみ瞳そらさず問う顔に詳しく説きて

なお埒《らち》あかぬ

鮮やかな藻草の陰にあつまれるしるき縞柄赤

光る鱗《りん》

散らばりし色くず寄りてマドンナの近づく乱
舞の脚とめしまま

バラの木の根もとに撒きし骨粉にエゴンシー
レの像うき出でぬ

コンドルはいまも翔びつつアンデスの山脈近くイラン末裔《すゑ》は

ハープたてギターつまびく音合わせ少年の背に弓矢のあらば

キッチン

巻きハムの削ぎてうすらな花びらにいまだ冷
めたき寒のくちびる

サイフォンに僅かの量を誤《あやま》れるリトマス人ら
ややに黙して

切る刻む裂く皮をむく芯えぐるこれが狂気と
なりたる事件

干しわかめ膨《ふく》らむほどのやわらかきいま降る
雨を穀《こく》雨《う》と言えり
ミキサーの過激スイッチ瞬秒のまなこ眩《くら》みて
朝を仕掛ける

身のかたきスパゲッティは湯浴みしてエステチックの激しさに酔う

パパイアの種子びっしりと詰まりいてひたむきなりし営為と思う

言葉にはならぬ心の揺れているスクランブル
エッグの火の止めかげん

めくるめく七曜は消え月疾《はや》り緑釉すきまなき
ブロッコリ

ポップコーン空に弾《はじ》けよ濃き色に蕾ふふみて
いる沈丁花

解体

あたらしく光と風の路通う壁打ち抜きし高窓
あたり

胸に寄せあかがねの腕ふるわせてたちまちに
掃射機となる削岩機

キプロスを目指す機上の男たち突如の闇にめ
くら撃ちなす

こわされて荒ぶる家のひとときを月下美人の
ふくらみはじむ
しっとりと葉先より咲く大輪の夢に香りてう
つつにあまし

解体は非情のこころやり場なき残像はあえなく土砂に埋もる

短歌観光　**グランドキャニオン**

つぎつぎに飛びたちてゆく小型機の間隔やよ
しいるかの浮上

幾億の年月《とき》の流れがコロラドの川をするどき
彫刀として
爆音にとぎれとぎれのヘッドフォーンミード
湖が見ゆ碧きわまれる

原住のようすがまばらに樹々生いて保護地区な
るとインディオの村は

岩壁の間《ま》を縫いてゆく底深くカンブリア紀の
地層は見えね

ナンコ・イーブの洞穴住居岩肌に風化せざり
し無というもある

岩壁にすれすれに飛ぶセスナ機の震いてさむ
き重量ミリット

ひまわり連想

豊作の穂ずれの風にひばり飛ぶ安堵というも
束の間のこと

いっせいに首を垂れいるひまわりの未明は静
かなりし仮眠か

青澄める空はいつしかうす墨の螺旋となりて
おそう発作は

自画像をときに他人のごとく見る二人の画家
は声なく向かう

宿縁と兄の呼ばざる弟の青麦《むぎ》わたりくる風の
便りや

打ち据えし石は持たねど友情にひび割れし黄
の家を去りたり

画布を切り裂きて痛めるおのが身に心音きこ
ゆ削ぎし耳にも

一八八八年はね橋の川辺に濯ぐアルルのおんな

ロンドンゆ空輸されきしひまわりの絵に虻飛びきしか羽音す

雀隠れ

画面まで溢れそうなる水のかさ去年訪ねし放

送局前

台風の進路をそれし静けさに闇のうごかぬま
時刻《とき》の過ぐ
決断をしばしさけいる些事ありて今日こそや
むという雨の降る

グラム量同じほどなる子雀のまろくふくらむ
身をとびはねて

来るはずのひとは来なくてジグソーのパズル
に終わりの牌みあたらぬ

天敵はたれの飼い猫子スズメのうちの一羽は
いたぶられいて
雀隠れよりしげりたつ緑葉の雨を溜めいる雫
なすまで

親猫が仔猫くわえしトラックの便にスダチは
詰まりていたり

つる薔薇

つる薔薇の花咲きはじむ杳《とお》き日の私だけの風
に吹かれて

乱れ咲く詞《ことば》の花の野に迷い詩歌の籠に何を摘みきし

薔薇園のバラの数より多く咲く傘のしずくはパールのひびき

並びたる背中のボタン一つだけ欠けたる春衣
なども陽に干す

見も知らぬペットも野良も手なずけてほくそ
笑みたりバイリンガルは

ツワイライト

りんどうのあお紫の風わたる空を無碍《むがい》と言わ
ねど鳥よ

姉の話す想い出ばなしのなかにいる私は少し
脚色されて

祝電のひらがな文字を辿りゆくまかろにまろ
めてまっしゅるーむ

スフィンクスの象《かたち》となりて大空に悠々と去る
シネラマの黙《もだ》

スパーリングワインの栓のはじきとぶロゼェ
はささやくうすべにいろに

散りしきて山茶花《さざんか》の紅まだ褪せず人は生れて
消えて何いろ

何となくつながっている掌《て》の線のゆきつくと
ころ夕昏れ地帯《ツワイライトゾーン》

昭和終わる

にびいろの雨降りつづく長月の菊は裡より蝕ばまれたり

ゆく秋のやまとの国にあまねくも伝えられにき天皇病臥

大君は神にあらねば医師《くすし》診るＡＢ型を採りたもうなり

刻々と大喪の礼写しゆくTV画面《がめん》に各国の人ら連なる

帝《みかど》と言う名が還りきし葱華輦《そうかれん》葬送の曲流れゆくなり

敗戦のまなつまひる日まがなしき昭和は終わ
りたるはこの日と

輪唱

百年を超えしも仙人ならぬひと彫りし母子像
うらうらと笑む

筆のあと尽くる見えて虚をつなぐ「愛」とし
象《かたち》どられしものは
放たれし馬のたてがみ波うちて嘶《いなな》き聞こゆ月
夜も見する

消防車過ぎゆくときに天を向き犬が輪唱のごとく遠吠ゆ

ツタンカーメンの豌《えん》豆《どう》の蔓《つる》ようやくに胡蝶の花の紅をたくわえ

発芽をくらく閉じこめたりし幾世紀副葬品の
中の一つと
さかのぼる祖《おや》にありてもひとはひと豌豆は豆
である他はなく

アンカレッジ

両翼を水平にして憩いいる機はそれぞれの国
を記して

いま乗りてきし巨大なるSASはわずかにた
だようしどけなさあり

白熊がようそろと立つ剝製にベーリング海の
氷雪うかぶ

紅色のサーモンキャビア冷製を保ちいたれば
孵《かえ》ることなし
ストックホルムの街に求めしセーターの雪の
結晶ちらちらと舞う

シルビアンハスキーの目の凍てつくを解けざるままにまた冬に入る

銀紙

曲りみちくねりし坂を登りゆくバスは固形の
身をあぐねつつ

愉しそうに囀り合って小鳥たち五線紙の上と
まりて飛びて

大き手と長い指もて鍵盤にふたたび燃えしを
ホロビッツ逝く

飽食にも飢餓にも同じ反応を示す臓器の肝じんかなめ

南北の車の流れ絶えざるを動悸うちつつ右折車は待つ

新しきトレーニングウェア風おこす銀紙のよ
うな音たてながら

何も欲しくないけど少し休みたいプレーンソ
ーダはみつめるために

電磁波のはしる無形を受けとめて硬骨の身を
さらすアンテナ

短歌カブキ　勧進帳

追われゆく身にやましさはなけれども判官笠

に面輪《おもわ》伏せつつ

奥州にこころ恃《たの》める人あるを想えば過ぎし日
のかえりくる

笈《おい》を負いて北路をめざす強力《ごうりき》の紫ごろも気品
ただよう

これやこの安宅の関所守りいる烏《え》帽《ぼ》子《し》の音声
ひときわ高く

東大寺勧進帳と読みはじむ疑いをもて富樫近
づく

眼力も鋭くひらり身をかわす〈もとより勧進帳のあらばこそ〉

四天王のはやる心を押しとどめつつ弁慶に策ひとつ湧く

延年を舞うはゆかしき伝承に礼《あや》ともどもに関
守りも見よ

ほのかにも酔いのまわりて弁慶の踏む六方に
明る花道

鏡

鏡の中の（ダッシュ私）は私よりさとく美し
かれとはいつも

雨雲のとどまりて鬱のかげをひく頰に日照り
の欲しい薔薇いろ
マニュキアを拭う指さき乳色のみかづき現れ
いでしくらがり

ゲランのミツコテルコも匂うブラウスは吊られてふかき休息をする

鏡面に映る背後のシスレーの野道を行けば森は逆手に

エルメスのスカーフうら向きにかがられて革命旗の色少しうすれる

向かい合う肌を彩りゆく絵具蝶のあつめしパウダーのかおる

ガラス越しの背の暖かさフロンガスの覆《おお》える
層のあつきと聞けど

郵便はがき

恐縮ですが
切手を貼っ
てお出しく
ださい

1 6 0 - 0 0 2 2

東京都新宿区
新宿 1－10－1
（株） 文芸社
ご愛読者カード係行

書　名			
お買上 書店名	都道 府県　　市区 郡　　書店		
ふりがな お名前		大正 昭和 平成　　年生　　歳	
ふりがな ご住所	□□□-□□□□	性別 男・女	
お電話 番　号	（書籍ご注文の際に必要です）	ご職業	

お買い求めの動機
1．書店店頭で見て　2．小社の目録を見て　3．人にすすめられて
4．新聞広告、雑誌記事、書評を見て（新聞、雑誌名　　　　）

上の質問に 1.と答えられた方の直接的な動機
1.タイトル　2.著者　3.目次　4.カバーデザイン　5.帯　6.その他（　　　）

ご購読新聞　　　　新聞	ご購読雑誌

文芸社の本をお買い求めいただき誠にありがとうございます。
この愛読者カードは今後の小社出版の企画およびイベント等の資料として役立たせていただきます。

本書についてのご意見、ご感想をお聞かせください。 ①　内容について   ②　カバー、タイトルについて
今後、とりあげてほしいテーマを掲げてください。
最近読んでおもしろかった本と、その理由をお聞かせください。
ご自分の研究成果やお考えを出版してみたいというお気持ちはありますか。 ある　　ない　　内容・テーマ（　　　　　　　　　）
「ある」場合、小社から出版のご案内を希望されますか。 する　　しない

ご協力ありがとうございました。

〈ブックサービスのご案内〉

小社書籍の直接販売を料金着払いの宅急便サービスにて承っております。ご購入希望がございましたら下の欄に書名と冊数をお書きの上ご返送ください。　（送料１回210円）

ご注文書名	冊数	ご注文書名	冊数
	冊		冊
	冊		冊

目の前を

突風は何をさらいてゆくならん宝石店のルビーてんめつ

黒き蝶羽根ひるがえし消えゆきぬ胸にとまり
ていたりし象嵌

菊化石記憶の底にうすれたる部分うかびしご
とあざやかに

猫ぐくり獲物くわえて入りしより鳥獣戯画は
ホラーの兆し

つややかな肌理《きめ》も冷たき陶磁器に木理年輪文
様を灼き

たわむれに魚は藻草に憩いいてアクアマリン
の中にとどまる
ヴェルサイユ宮殿に迷いたる女《ひと》はいつしか大
きな壁画にまぎれ

銀髪のソムリエがしかと注ぎたるワイン年代
ものの移り気

ねむりいる獅子もいるらしペット店愛犬のカ
ルテにあるヂギタリス

短歌ミュージカル　**グランドホテル**

「グランドパレード」華やかに旧き伯林《ベルリン》によ
うこそ回転扉をくぐる

（カッコ内はミュージックナンバー）

チャールストン少女はアールデコ風に皆も
「一緒にグラス取ろうよ」

えにしなき人らに絡む目に見えぬ糸は途切れ
てまたつながりて

労働者らのくろがねのシンバルはさけぶ「持
つ者持たざる者と」
「ノン・アンコール」プリマに賭けてきしも
のを砕かれて夜も昼もめぐらぬ

いまさらの財の重みぞ病める身をいやさん果
てのjewのひと部屋

エリザベック聞こえていますか「ステーショ
ンのばら」燃えたたす魂の声

「炎と水」胸にきらめく一連も久遠に帰らぬ
人待ちわびて

異邦人集まりきたる大ホール天井桟敷に傀儡
師住む

友へ

あるときの樹海の波を吹き抜ける風にひらひ
ら舞うみどり葉は

空にすき間あらばと緑伸びゆきて術後の肉も
しまりゆくべし

いきものは刻を待たずにうすくなり点となり
無となりラッシュはつづく

たはやすく森に入りしを風ひくく湿りし樹々
のいきれに噎《む》せる
鉄砲に血塗られたる空ありてひとの住むゆえ
鳩多きゆえ

「いやだ」という詩がありました会話では絶
対にないい心《うら》のうらがわ
ペンダントにニトロをひそめていることを逃
れんとして詞《ことば》にあそぶ

やすらぎてねむれ全身耳になり森に入りゆく
イメージテープ

短歌　ゴルフ

そのはじめイメージゴルフにあけくれし人の
ハンディほどほどになる

早朝の準備にはずむ始動音霜もやがてはゆる
みゆくべし

チャーリよ偶には球拾いでもしたら出掛ける
前の犬へひとこと

青空にたわむれたくて打ち放つ無心が授けたるホールイン

目を射ると光りの線にてのひらをかざす一握ほどの太陽

まさかとも見送るゆくえバンカーに転がる激
しき渇きを覚ゆ
打ち上げし球の消えゆく空遠く氷片うすき昼
月はみゆ

バーディーの願いもあつく打ちこみし球は拗
ねたるもののごとくに

飛ぶ羽根を切られし鴨のよちよちとすり寄り
て来てパン屑ねだる

雷光

稲光り雷鳴の刺す的としてトリケラトプスの
像か映れる

アンドロメダ天体地図の回りいて現在位置と
言うはいずこぞ
ガラパゴス島に集えるイグアナのドンを称え
る原祖の祀り

ダーウィンに逢いしかの日の年月も重ねて厚
き亀の甲羅は

白亜紀ゆつづく地層を墓となすイグアノドン
の化石出できぬ

底ごもる雷は狙いし少年の靴底の星スパーク
させて
恐竜の卵化石となるまでを抱きつづけし地球
の肌は

尾を立てて雷に向かい吠えたてる目は瑠璃色
に変わりて光る

盛夏

水に入る前の屈伸褐色の烏賊の表皮がつるりとむける

氷塊の翼とけゆくてのひらや人と流れてゆく
宵まつり

蠍《さそり》の火もえていますすかはたはたと団扇《うちわ》に文庫
夏の百冊

照り返しきびしき甃《いし》の道を来てそよ風ほどの
花の扇ぞ

陽の照りと影ひくところ画されて4LDK積
み重ねらる

群を抜く走者が独りよれよれにTV画面をよぎりてゆけり

忘れいし日をきっちりと折り込みし紙幣は夏のバッグより出づ

目つむれば昏《くら》む陽ざしにうらうらとパラソル
かざすひとのまぼろし

ありあまる身熱に灼きてすがれたるフェニッ
クスロベレーニそれならばgood

短歌観光

機内

南半球地図の中心大陸の真下にちいさく日本
浮かぶ

零時経て明日へとつなぐ異土のこと時差わず
かなる安らぎに

マイナス50度高度一〇〇〇〇なる空にいつも
あやうしこのサルーンは

ヒューストンの映画終わりてくらがりに眠る
と時をそれぞれに持つ

この国に入りて検疫きびしきをPR映画のコ
メディ・タッチ

緬羊が敷きつめられし雲の下ニュージーランド
ときけば喝采

サイレントな誘惑あまく香りたち機内販売さ
さやき洩れる

年月日時刻合わせをする指の秒針わずかブレ
させている

神への畏れひそかにあるや無きものも空港《クライストチャーチ》に
みな降ろされる

月見船

養老の松の繁みがようやくに明るみてきて月
昇りきぬ

船寄せて静かに仰ぐ満月に千々にものこそ思
わざれども

ムーンストーンくちに含みて願いごとかける
異郷の月満つる夜は

この月の月眺めんと船に酌むそれぞれの酔い
ほのかにきざし
みやび世に還れとや艘の高台に若き女人の笛
流れくる

川沿いは治水神社と先を行くゆかた姿の声が
こぼれる

月光に浮きし長良の河口堰可否の波立つした
たかに建つ

リアルタイム

宙空の軌道にのりしロケットに与《くみ》するは地球
人＋アルファ

無重力に溺るるさまもして見せて和やかに国
ちがう仲間と

宇宙からの衛星の画も交信もみているわれら
もリアルタイム

宙界に浮かびし地球凸凹の土塊のごともまざまざとあり

いつか見しSF場面かさなりていずれがタマゴニワトリ　タマゴ……

いくばくの着地の時間遅れしは天象の暴れ関わると言う

地球は円くひとつですとの明快な笑顔はロケット飛行せしひと

無菌

大雪の羽毛たえまなく落ちて羽根とぶふとん
過剰のセール

ヘラジカもときどき覗くすみつきし森をゆるがすオリンピア祭

暖房の羽根が大きく吐息つく彼には彼なりのカタルシス

夜更けては魔女のひとさし指となる五時間あとの暖気 in put

梵字のような表情をした俳優が逝き一時期の恋のマニュアル

感動という名のクリーナー全身を洗い流して
しばしの無菌

（い）いまだもって変わらざるこの性格か方向音痴たてまつられて

（ざ）雑踏の街に放ちてきたりしがいまだしつこくわれにすみつく

（わ）若き日は遠く未来は迫れどもたれもかれものいのちはひとつ

（て）天高く菊かんばしき初秋に生まれて魅かれゆく瑠璃のいろ

（る）るーじゅいま消えないセピア泰西の古い名画の女が還る

（こ）効用と信用のはざますれすれにロイヤルゼリー入りのはちみつ

液晶

『液晶』は、一九八四年五月に、短歌新聞社から発行された。その中から八十六首をここに再録した。

ブリリアントカット

原石は削がれ磨かれ凝視せし瞳はなみだ宿らせしまま

ブリリアントカット許されざりし脆《もろ》さゆえ宝《い》
石《し》の愁いに沈みゆく青

誕生の宝《い》石《し》にもあらず虚飾への惑いにもあら
ず魅かれゆくなる

ミラーボールの耀きすべて蒐むれど光にも侵されがたき透明

しろがねのうち沈みたる水底《みなぞこ》に細波《さざなみ》ゆるるき

みが首飾《ネックレス》

仮縫い

ナルシスの微笑むときも仮縫いの鏡のなかに
針うたれつつ

集う日のさまに歩みぬ床の上スカート丈を決
めかねていて

白く細く見せる大鏡ブティックの奥はアリス
の通う道やも

寄り立てる背《そびら》に粗き壁のはだ袖のフリルの糸
絡めとる

逢う

カーテンに葛草のみどり充たしめて荒ぶる季
を覆いきたりき

何に触りて鳴りしやつよく二度までも受話器
には応へなき茫漠

現《うつつ》なる身よりとび立ちきみに逢う時を追いつ
つアクセルを踏む

スカイ・ラブ報告

Sky Lob・などと夢みる名を付けていずこの
地球上にや落つる

飛行士の着地の後も数年を宇宙めぐりて大気圏に入る

ラブ破片最初に拾いし少年は一九七九年夏オーストラリアにて

ニュース

衛星中継録画している真夜中の無人の部屋に
テープは進む

ビデオカセットにスイッチ入れるわがための
保ち時にいままみゆべく

ヴァチカンのテロと言うさえいちはやくニュ
ース処理するきみが習いぞ

まなかいに銃に撃たれし法王のTV画面に救
急車着く

愛

野生の血戻りしかいま竹林を遠く駈けゆく疾《はや》

風《て》のように

野のひかり総身に浴び疾《はし》りゆく金茶の毛並濡るる輝き

サムは吠え我はものの言う接点を求め合いつつ愛は顕《た》ちくる

ふと我にかえりたるとき傍の犬の見つむる目
に見透かさる

あたたかき誤解もにがき歓びも積もれば愛か
ひととけものの

汝はただ在るだけでよしわが愛を奪いさりゆくのみにてもよし

充ちてくるものの静けさいつの間にきみと仔犬はソファに眠る

ブーバルジア

ヘッドライトに揺れつつ路を尋ねきて夜を眠らぬ病院に着く

処置くだす医師の音声きわやかに晄々の室かげを曳かざる

血管にひそと送られゆく滴徐々に祈りの充たさるる間を

呼気吸気調べととのう窓越しの鵯《ひよ》けたたまし
陽を撒き散らす

両の手に抱くやすらぎうすあかきブーバルジ
アの花は溢れて

翅

孟宗のそよげる若き葉にも似て機《は》《た》織《お》《り》ばった低
く飛び来る

動かざる視線をひたと見つむれば触角《つの》は震える汝も生きいて

萌えたちてゆく真夏日の草野よりほとばしり翔ぶ翅さやがせて

ゆらゆらと陽にたわむれて花びらの蝶にまが
えば蝶を誘いつ

一陣の風に追われぬ金雀枝《えにしだ》の蕾ふふめる鞭の
しなえば

儀式

ふたしかに時は過ぎしか斑《まだら》身の蛇の衣は脱ぎ
捨ててあり

冷血の身に兆したる騒立ちのとき幾たびか脱
皮の儀式

水草のぬめり含みて爬行せる孤身に触るる土
やわらかし

皮脱ぎし蛇よ明るきさみどりの草生匍いゆく
歓びもあれ

千切れ散り吹かれ舞い舞う鱗箔の憑けば眩め
きわたる女人の

モスク

ベツレヘムの星と呼ぶとう白く咲き昏れてし
ずかに閉ずる花あり

地球儀に計れば指と指の間にカラチはありき
きみが任地の
陽に水に朽つることなき石窟に刻まれしは杳
きひとらの祈り

ガンダーラの像の秀麗ふり向けるひとは直ぐ
なる髪束ねいつ

ドレープの豊かなれるを巻きゆかむ更紗模様
の繋がるままに

天災は移動し始む旱魃の土ひび割るる音も聞きたり

獣頭の大円柱の宮殿は紅蓮渦巻くペルセポリスの

銀の月モスクは聳ゆ尖塔に遥かブルーの星の
またたき

野獣の群れ

静もれる夜気ひびかせて咆哮は競いインター
周辺に寄る

集いくる若者の幟《はた》瞬速の単車かたむく理由《わけ》など要らぬ

牽制の楯を構える警官の誰何《すいか》きびしく人をはらいて

発光の車体もろとも抛《なげう》ちし身は歓びの極みなるべし

追われきし野獣一頭速やかに野外パークに身を潜めたり

連行に群れを離れし青年の弱々しげなる横顔
を見つ

季のあわい

往き交える季のあわいに佇ちつくすいずれに
魅かれゆくわれなるや

自我から向日葵は種子のみとなる再び燃ゆ
る陽に逢わんため

逢うときも別るるときも躊躇《ためら》いていし間に海
はもう秋のいろ

柔らかく透ける海月を泳がせて波の底より季
移りゆく

我が家は煩瑣《はんさ》のなかにありしなど鈍く思いて
波に浮きおり

熱帯花異形異色に咲きかうを黒羽の蝶のゆうらりと行く

あきぞらをふとも翳らす追憶のはたてに揺る桔梗むらさき

液晶

茫として開けゆくなり山峡の湖《うみ》は青澄む液晶
となる

掬いなば水青からむ底ひなき湖《うみ》はなべてを液化するとう

雷震のするどく湖をつらぬきて波うちあぐるときの閃影

夜光虫おのが灯りにただよいて水脈《みお》曳くならんなにに向かいて

誘発の頻りなりしをやさしめばわが液晶に詩歌は生るる

夕暮

白色に織られたるゆえより白く濯がれし布風
のしみゆく

ともされし灯のみあかあか夕暮はものみな色
を失えるとき

野良と呼ぶ猫にまた会う啼き声の白く凍れる
夜を咎とせむ

猫の眼の半眼にしてくらやみに馴るるそれより早し日暮は

夢

きりきりと霜を結べる玻璃窓の小花のかたち
陽に消えてゆく

寸断の夢を辿ればイエメンに少年の弾くバロック音楽

さかしまに描かれし地図持ちしより夢の中にもさまよいいたる

さゆらぎもなき凍る夜を眠りなばポインセチアのほむらも消えん

歯科にて

照射燈やわらかけれどわが椅子を囲みて治療
器具いかめしく

しみ通る噴射の音の遠のけばめぐりいし曲囁きはじむ

レジン処置なされし奥歯かばいつつさだかならざる声をもて言う

父よ

花の季過ぎし大樹の葉のさやぎ旧き籐椅子置
けるまぼろし

肌にふく汗もほどよく吸いしかば飴色の椅子
ギイと軋める

青葉闇戯《ざ》れて男《お》の子を抱きとむるあの後姿《うしろで》は
父とし覚ゆ

ふりしぼる弓筋の張る背を見せて父は端座し
棋台に対う

散策の道分け入りし皮長靴《ちょうか》枯骨のようなステ
ッキを持ち

母の忌《き》の座を脱け出でて昏《く》るるまで草野球見て父佇《た》ちいたり

砲車隊率いし丘の演習地猪《い》高《だか》ケ《が》原《はら》にいまわれは住む

父よその美《び》髯《ぜん》のかげにかくれたる気負いも無
骨なるもの言いも

あとがき

「いま、短歌をやっています」と答えますと、「あの三十一文字で作る和歌ですか」とおっしゃる方もいて、間違ってはいないのですが、古めかしく難しいものと思われがちです。

和歌は長歌・旋頭歌、短歌もふくめた大和の歌のことで、五七五七七と盛んになったのは、おもに平安朝以後といわれています。

＊

お正月がとても待ち遠しく、どきどきしながら、あといくつを数えていたのは何歳頃だったろうか……。おおぜいが輪になってするカルタとり、百人一首などで、幼い私は、誰か勝ちそうな人に従いて、お菓子やおもちゃなど分けてもらうのを楽しみにしていた。

母は好んで詠み手になり、早取りの後でも一首を丁寧に詠みあげた。その時の美しい韻律が私にも移ってきたのかもしれない。

短歌の実作を始めたのは、一九七三年に春日井建先生の聴講生になってから、以来、結社に入り現在に至っている。こうして長く続けられた短歌の魅力というのは私にとって何だろう。

この界域の拡がりは現在・過去・未来へそして世界から宇宙でも虚構幻想へも自由に行き来できることだろう。これは詩全体にも通じることであるが、ただし定型の三十一文字だけは崩さない。生活のなかで自身が反応したままにメモしておく。それらを、どのように定型に収めてゆくかのなやみとともに作歌のダイゴ味というのだろう。

寺山修司が歌集の「祖国喪失のあと」僕のノートで定型について発言をしている。

「のびすぎた僕の身長がシャツの中にかくれたがるように若さが僕に様式の枷《かせ》を必要とした」とか、「縄目なしに自由の恩恵は分かりがたいように、定型という枷が僕に自由をもたらした」などの言葉に刺激されたこともある。

つぎに生活のなかの多様な作品をあげてみる。

身のかたきスパゲッティは湯浴みしてエステチックの激しさに酔う（本文七〇頁の「キッチン」より）

干しわかめ膨らむほどのやわらかきいま降る雨を穀雨と言えり（同六九頁）

もみくしゃに母国の旗をまきつけて勝者は流す汗か涙か（オリンピック）

自由の女神すっくと立てり目の前のそびえしビルの崩れしあとに（マンハッタン島のテロ）

中空にハイジャックせし者の指示旅客機はもろとも兵器となりし（右同）

このたびの二歌集のリメイクは、思いもよらないことなので大変迷いましたが、よいチャンスを得て、ようやく上梓にこぎつけました。今はほっといたしております。

〝詩を作るより田を作れ〟ふうではない私とともに五十余年なにかと支えてくれた夫に感謝しております。

元彦、そなたは母者人《ははじゃひと》に、どのような言の葉《ことのは》を寄せてくるのか、楽しみにいたしておるぞ。

歌集出版にあたりましてご協力くださいました文芸社の山田さん、編集部の有馬さん誠にありがとうございました。

二〇〇三年　春

井沢照湖

著者プロフィール
井沢 照湖（いざわ てるこ）
本名・井沢照子
1924年9月、愛知県に生まれる。
現在、中部短歌同人、中日歌人会員。
著書に『液晶』（1984年）、『瑠璃光』（1994年）などの歌集がある。
愛知県在住。

短歌ふぉーらむ

2003年3月15日　初版第1刷発行

著　者　井沢 照湖
発行者　瓜谷 綱延
発行所　株式会社文芸社
〒160-0022　東京都新宿区新宿1-10-1
電話　03-5369-3060（編集）
03-5369-2299（販売）
振替　00190-8-728265

印刷所　株式会社平河工業社

ISBN4-8355-5265-2 C0092